AFTER HOURS 1

Yuhta Nishio

TOKYOPOP®

Inhalt

#1
Unsere Nacht ...
... hat eben erst begonnen.
Das sagte sie lächelnd zu mir.

Emi, bist du schon da?!
... Ja.
Domm
Domm
Domm
Domm

Am bes-
ten läufst
du herum,
bis du mich
findest!
Okay!
Hier
sind so
viele
Leu...
Bamm
Bzzz
?!!
?!
wummer
Yeeaaahhh!
Sorry
...
Ich
glaub,
das wird
nichts
...
Was? Ich
kann dich
nicht ver-
stehen!

... Hah ...
Ich finde sie nie und nimmer.
...
Ich hab keine Lust mehr.
ドガ
Flomp
Hey, Kleine!
Dich hab ich doch schon mal irgendwo gesehen, oder?!
Zeig
?!

...
Hey, ich bin's!
Zu nah ...
Hm ...?
Äh, ich glaube eher nicht ...
Rutsch
Pack
Hey!
Ich bin mir sicher, hab ein ziemlich gutes Gedächtnis.
Eeey!!!
W... Wer ...
... ist dieser Typ ...?
Donk

Hey, Bubikopf!
Bist du heute nicht hier, um zu arbeiten?
Kann sein.
Na und?
Sie suchen dich.
Reiß dich mal am Riemen!
Kann doch nicht wahr sein ...
Alles okay? Er benimmt sich immer daneben, wenn er was getrunken hat.
Ach ... Schon gut.
Danke!
Tss!

Mach's gut und pass auf dich auf.
Ähm ...
Also ...!
...
Stammel
Stammel
?
Du willst dich hier mit jemandem treffen?
Gar nicht so einfach.
Genau. Sie antwortet mir auch nicht.
Der Empfang ist schlecht.
Hast du ein Foto von ihr?
Ja ... Hier.
Aha.
Hmm ...
Sie ist hübsch ...

Oh!
Ist sie das nicht?
Argh!!
...
Willst du nicht zu ihr?
Klapper
...
Hach ...
Ich sollte nach Hause gehen.
?
Hast du keine Lust zu feiern?
Na ja ...

Ich weiß nicht ...
... wie man in einem Club am besten Spaß hat.
Hepp!
Hepp!
Hepp!
Hepp!
Ich glaube nicht, dass ich so abgehen könnte wie die da ...
Aber das ist doch nicht schlimm.
Du kannst auch anders in einem Club auf deine Kosten kommen.
Ach ja?
Klar!

Die einen sind hier, um jemanden kennenzulernen.
Andere wollen sich einfach nur in der Musik verlieren.
Und wieder andere wollen vergessen.
Na ja ...
... viele lassen sich auch nur voll-laufen.
Und ich ...?

Ich bin wohl von allem etwas!
♪

Ich wusste nicht, dass du Tänzerin bist ...
Jeder kann tanzen, man muss es einfach nur tun!
Pff!
Hm?
Aha ...
He he!
Wollen wir woanders noch was trinken? Ich würde mich gern etwas mit dir unterhalten.
Ähm ...
Wenn du willst, sicher.
Abgemacht!
Wieso denn immer ich?
Sorry! Gibst du mir noch schnell mein Zeug?
...
Ich bin dann mal weg.
Grüß alle ganz lieb.

Also los, gehen wir!
Ähm ...
Oh!
Ich heiße Emi ...
... Emi Asahina!
Und ich bin Kei.
Schön, dich kennenzulernen, Emi! ♪

Lichter und Mu-sik.
So lässt sich ...
... meine Zeit ...
... zwi-schen Sonnen-unter-gang und dem nächs-ten Mor-gen be-schrei-ben.

AFTER HOURS #1

Da wären wir!
Diese enge Gasse ...
... wirkt wie aus einer anderen Zeit ...
Ziemlich heruntergekommen, was?

D...
Das hab ich nicht ...
Ich hab mich gefragt, ob es wirklich in Ordnung ist, einfach so mit zu dir nach Hause zu kommen.
Aber klar doch!
Klimper
Klick
Ziemlich unordentlich, aber mach's dir bequem.
Oh.
Danke für die Einladung!
Emi, du bist ja überkorrekt.
Wenn man mit jemandem noch was trinken gehen will, nimmt man ihn normalerweise nicht gleich mit zu sich nach Hause!
Und du ziemlich unkonventionell!

So unordentlich ist es gar nicht ...
Aber überall ist etwas verstaut ...

Setz dich hin, wo du magst.
Nicht übel, was?
Wenn ich das so sagen darf ...
Sind das alles Schallplatten?
Ja.

Wenn dir eine gefällt, kannst du sie haben.
Was?
Nein, schon gut.
Außerdem hab ich gar keinen Plattenspieler.
Kauf dir doch einen.
Ein einfacher tut's auch.
Die sind nicht so teuer.
Den anderen benutze ich so gut wie nie.
Wow, echt cool.
Knack
Dass die Musik aus diesen Rillen kommt ...
Rausch
Rausch
Das wäre ...
... vielleicht doch ganz spannend ...
Darf ich mir echt eine nehmen?
!
Aber natürlich, nur zu.

...
Du hast ziemlich viele, auf denen gar nichts draufsteht.
Wie soll ich mir da eine aus-suchen?
Intui-tion!
Nach Gefühl!
Wahr-sage-rei!
Aus dem Bauch he-raus!
Raschel
Flupp
Raschel
Und wenn es schief-geht, lernst du daraus.
So läuft das.

Hm.
Eine schöne Auswahl, muss ich schon sagen.
Ehrlich?
Tapp Tapp
Ja, wirklich!
Hör sie dir an und lass mich wissen, wie du sie findest.

Plopp
Zum Wohl!
Klack
Warst du heute zum ersten Mal in einem Club?
Nein, das zweite oder dritte Mal.
Ich hab mich aber immer noch nicht dran gewöhnt.
Ver-stehe.

Aber ...
... es gibt jede Nacht irgendwo ein Event, du findest bestimmt eins, das dir gefällt.
Obwohl wir uns eben erst ...
Das ist es! Nächstes Mal ziehen wir zusammen los!
Okay.
... kennengelernt haben ...
Keine Sorge, ich lass dich nicht allein!
Versprochen.
... scheint sie genau zu wissen, was ich hören will.

Licht aus.
Ja.
Knips
Tut mir leid, dass ich jetzt auch noch bei dir übernachte.
Ach, kein Problem.
Dank dir hatte ich heute viel Spaß.
Wenn es kein Morgen gäbe ...
... könnten wir ewig so zusammen sein ...
Aber ...
... was sag ich denn da?
Blush
Aaah ...
Meine Wangen glühen!

Tat-
säch-
lich!
Pf.
Pffft.
Ha
ha
ha!
Also
Kei ...
... hör
schon
auf ...

Komm ...
Noch ein bisschen ...
...
Na gut.

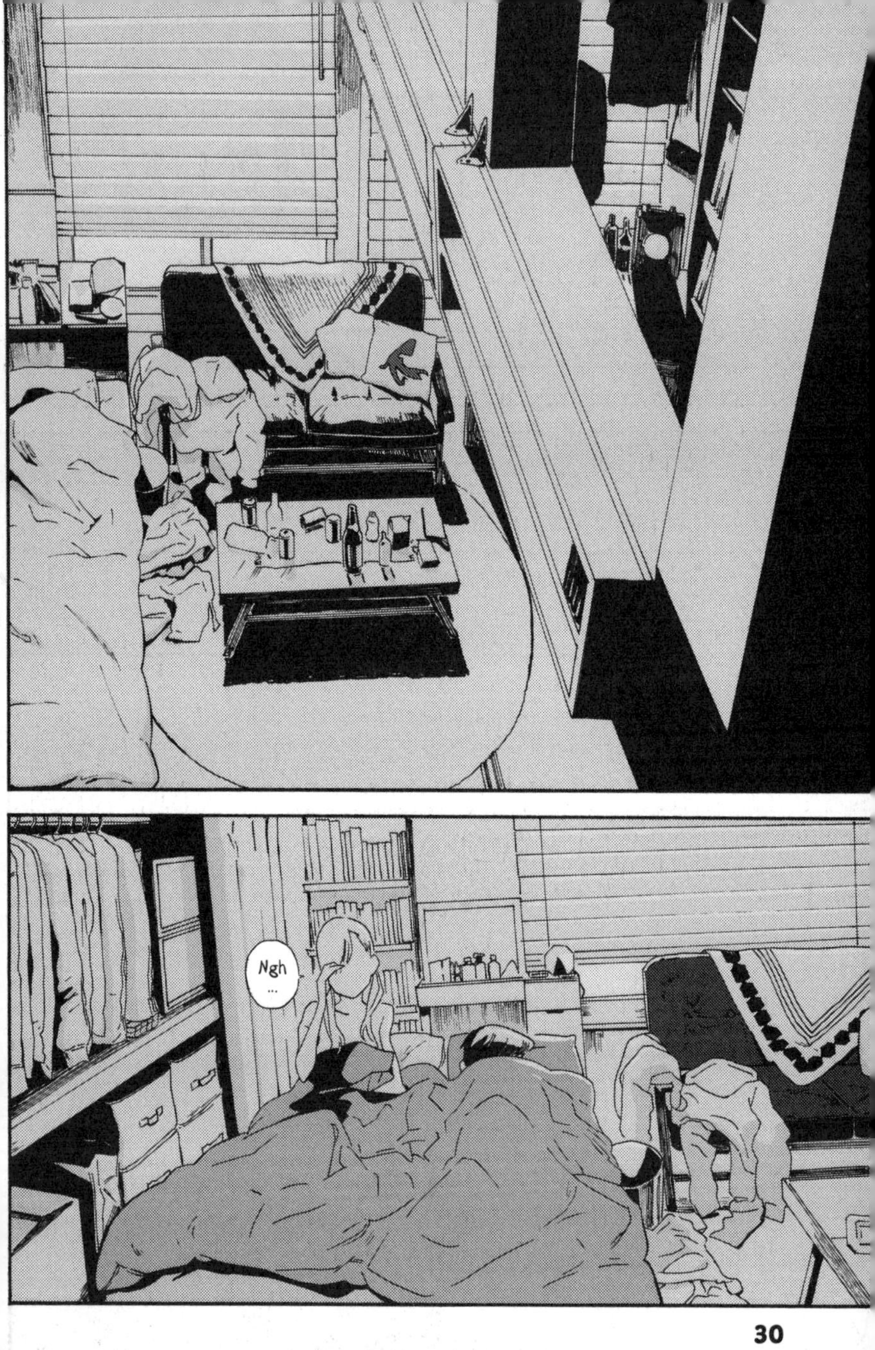
Ngh
...

wusch
fc.

Ploff
Zzz
Zzz
Sie hat schöne Wimpern.
Kei ...
Poch
Poch
Poch

Grummel
Hm?
Was?
Ach schade ...
Es fing gerade an, gut zu werden.
K... K... K...
Kei?!
Ruck
Du bist wach?!

He he he!
Ach Mensch ...!
Knurr
Da ist es wieder.
...
Ähm ...
Ich kann Frühstück machen!
Wenn ich deine Küche benutzen darf ...
... dann revanchiere ich mich so bei dir.
Worauf hast du Lust?

*Geschnittener Seetang, der trocken als Gewürz genutzt oder in heißem Wasser eingeweicht wird.

Kennst du Onigiri mit Tororo Kombu nicht?
Hol mir doch welche, ja?
Okay.

#2
WWWUUUUUU
Emi ...
... du kannst das Handtuch in die untere Kiste werfen.
Ah ...
Okay!

AFTER HOURS #2

Heute bleibt's ...
Tokyo
Bewölkt
16°
... den ganzen Tag be-wölkt.
Pah.
Hey ...
Emi, ich muss lang-sam mal zur Arbeit.
Ah!
Warte kurz, ich bin gleich so weit!
wedel
wedel
Bonk
Aua!

!!!
Kuller
Roll
Schmerz
Nur keine Hektik.
Hier.
Warte mal!
Du kannst mir doch nicht einfach ...!
Ach nein?
Tja ...
Versteck ihn später unter dem Feuerlöscher vor der Tür.
Ich verlass mich auf dich.
Schwups
Und weg ist sie ...
Padamm

Wir kennen uns ja ...
... erst seit gestern Abend ...
Ist das nicht ...
... etwas arglos?
Letzte Nacht haben wir ...!
Ah, stimmt!
Hach ...
Plumps
Ich hab das noch gar nicht verarbeitet.
Poff
Regnet es ...?
pschhh
pschhh

Sst sst sst
Zuck
Nein, kein Regen!
Die Platte dreht sich immer noch!
Ähm ... Also ...
Das sind so viele Knöpfe! Welcher ist wofür?
verwirrt
!
Der da?
Start/Stopp.
Shhhhh
Klick
Puh!
Der Plattenspieler ähnelt dem von gestern Abend auf der Bühne.
Ob Kei auch als DJ arbeitet?
Wenn ja ...
... würde ich das gern mal sehen.
Glaub ich ...

Wubb Wubb
Klick
Sorry wegen gestern! So ein Aufreißer hat mich nicht mehr in Ruhe gelassen. >_< Ich mach's beim nächsten Mal wieder gut!
Tut mir leid!
Waaas?! Das war ja wohl nicht er, der da jemanden nicht in Ruhe lassen konnte!!
Männer sind ihr immer wichtiger als ihre Versprechen.
Und die Ausrede ist auch immer dieselbe!
Aber nach dem, was diesmal geschehen ist ...
... sollte ich mich nicht beschweren.

Warum hat Kei mich zu sich eingeladen?
Wollen wir woanders noch was trinken?
Abgemacht!
Und warum habe ich das Angebot angenommen?
Ich habe keine Ahnung ...
Aber ...
... ich möchte es herausfinden.

*Zeitschrift mit Stellenangeboten

FOOD MARKET
Wenn du vorbeikommst, um es abzuholen, könntest du mir ja auch noch was Leckeres kochen!
Was?!
Aus Versehen hab ich auch noch gequiekt ...
Ich hab es immer noch nicht geschafft, mir über diese Nacht Gedanken zu machen.
Keine Ahnung, was das zwischen uns ist.
Oh.
Ist es das, was Kei meinte ...?
Nein, doch nicht.
Ich bin
Okra! Tororo
Was will sie nur mit »Tororo Kombu«?

Ding Dong
Da bist du ja! Rein mit dir.
Entschuldige die Störung!
Du kannst meine Messer und alles andere benutzen.
Aber ...
... warum bist du denn so verkrampft?
Bin ich das?!
...
Mist! Je natürlicher ich wirken will, umso angespannter werde ich ...
Tschk
Tschk
Und ihre Küche zu benutzen, fühlt sich an, als würde ich in ihrer Privatsphäre herumschnüffeln. Das macht mich noch nervöser.
Hau ruck!
Hau ruck!
Was treibt sie da überhaupt die ganze Zeit?

Zisch
Kei!
Das Essen ist fertig!
Ich bin hier auch fast so weit.
Wow!
Warst du das?
Ich habe meine Abstellkammer ein bisschen umgestaltet. ♪
He he he!
Wenn man mit Freunden isst, ist es doch viel netter, wenn man sich gegenübersitzt, oder?
Freunde ...
Verstehe. So heißt sie mich also willkommen.
Kann ich dir irgendwie helfen?
Hm, halt das mal.

Aaah ...
War das lecker!
Ein wohliges Gefühl breitet sich in mir aus!
Kei, du übertreibst maßlos! Du tust doch nur so!
Nein! Du benimmst dich seltsam, als wären wir Fremde!
!
Das ...
Es ist nur so, dass du einen starken ersten Eindruck bei mir hinterlassen hast. Das beschäftigt mich ...
Murmel
Pfff.
Ha ha ha!
Hey!
Was gibt's denn da zu lachen?!
Nein, nein! Es ist nur komisch, weil es mir genauso geht.

Ach ...
Wir haben uns wohl endlich aneinander gewöhnt.
Bekochst du mich wieder?
Wenn du mal Lust dazu hast.
Ja, sehr gern!
Aber mal was anderes. So zu sitzen, ist ziemlich unbequem.
Stimmt. Fürs nächste Mal kaufen wir zusammen Stühle.
Okay!

Wel... ...che ... ... soll ... ... ich ... ... denn ... ... nur ... ... neh ... ...men?
Flopp Flopp Flopp
Hm.
Du, Kei?
Ja?
Wie bist du eigentlich da-zu gekommen, Schallplatten zu sammeln?
Hmm ...
Das war eher Zufall.
Wie das?

Ich bin ganz unerwartet darauf gestoßen.
Und ...
... ehe ich mich's versah, sah mein Zimmer so aus.
Deshalb hab ich auch keine Ersparnisse.
Außerdem mag ich Bücher.
Und in jeder Jahreszeit kaufe ich mir mindestens ein Paar Schuhe!
Sie beschwert sich zwar, sieht aber glücklich aus.
Und du, Emi? Was macht dir Spaß?
Mir?

Also ich ...
Ein paar Dinge kommen mir da zwar in den Sinn ...
... aber nichts macht mich so glücklich wie dich.

Ich glaube, ich bin noch auf der Suche.
Hey!
Aaah! Es muss schön sein, so jung zu sein!
Mach dich nicht über mich lustig!!
Patt Patt

Selbstfindungsphase, was?
Mach dich nicht lustig!
Hey, wollen wir nachher nicht noch in ein Bad gehen?
Ein Bad?
Ja.
Ein richtig großes Bad ist einfach das Beste.

Haaah!
Himm-
lisch ...!

*Stadtteil Tokyos mit vielen Clubs und Shopping-Möglichkeiten

*Jap. Schmerztablette, die auf Eimern in öffentl. Bädern beworben wird.

Hmmm ...
Aber wenn man noch so viel Zeit hat wie du, kann man es sich wohl nicht vorstellen.

So viel älter bist du gar …
Hm? Wie alt bist du überhaupt?
30.
Waaas?
Sechs Jahre älter als ich? Das sieht man gar nicht!!
Obwohl mir klar war, dass du etwas älter als ich bist!
Was für ein Schock.
Murmel
Schock?!
Na ja, deine Figur …
Ich habe nicht viel Vertrauen, mit 30 noch so einen Körper zu haben.
Quatsch! So knackig bin ich auch nicht mehr.
Die Schwerkraft ist unerbittlich.
Hör auf!
Sag nicht so was!
Schau doch nur!

Plopp
Aaah ...
Das tut meinem alten Rücken gut ...!
Ach du ... Es tut mir ja leid.
Druck
Was soll das Getue?
Ach ja ...
Hast du Ende des Monats Zeit?
Da lege ich bei einem Event mit ein paar Freunden auf.
Das ist ja cool! Ich bin auf jeden Fall dabei!!

Super! Ich geb direkt Bescheid.
Shh
Emi ...
... wird ...
... auch ...
... mit-helfen.
So!
Was?!
Halt, warte!
Angel
Abge-schickt.
Kei ...
Knarr
Was hast du getan ...?
He he!
Ich hab gesagt, dass du unser VJ bist.
Schät-ze ich.
Wie bitte?!

Und was ist ein VJ?
Hm. Das weiß ich auch nicht so genau.
DJ? VJ?
Du spinnst!!
Aber vielleicht ist das ja dein glücklicher Zufall, hm? ♡
Du musst nur ein bisschen rumklicken.
Pack
Du willst doch nur überspielen, dass es was Wichtiges ist!!
Eijeijei ...
Das ...
... muss an meinem Alter liegen.
Ich hör nix mehr ...
Warte, du ...!
Was soll das denn?!

Ver-dammt noch mal!

#3
Bar Compartment
5F
4F
3F
2F
Du klickst hier und hier ...
... und dann hier.
So weit verstanden?

Ähm ... Also heißt das, ein VJ ...
... erstellt in Echtzeit ein Video, das zur Musik passt ...?
Ganz genau!
Und das zusammengestellte Video läuft dann auf dem Bildschirm.
Versuch's doch mal.
S... So?
Plopp
Plopp
Klick
Wow! Perfekt!
Rubbel
Rubbel
Ich muss gehen, da ich als Nächste auflege.
Keine Sorge!
Du packst das!
Ah ...
Dabei sagte sie, sie lässt mich nicht allein.

AFTER HOURS #3

Lügnerin!
Und der Druck steigt!
Dann mal los.
Ich leg gleich einen langen Song auf, dann kannst du übernehmen.
Alles klar!
Swusch
Zzt
Domm
Zack
Domm
Domm
Pschh

Klick
Klick
Ich muss mich am Tempo orientieren ...
1 ...
2 ...
...
1 ...
2 ...
3 ...
4 ...
Bamm
Sie sagte, es sei ein Event nur für Freunde und Bekannte, aber das sieht ganz anders aus.
Aber warum mache ich das hier überhaupt ...?
Gibt's Probleme?
...
Kei ist so weit weg ...

Ähm, also ...
Oshime* ...
... heiße ich.
... stimmt's?
Ich weiß, blöder Spitzname.
Zumindest ist er sich dessen bewusst.
Sorry, dass du dazu verdonnert wurdest.
Ach, kein Problem.
Ich häng mich rein!
House
Drück
Ich will Kei nicht enttäuschen.
Wie kann ich dabei besser werden?
Ach, schon okay, was du machst. Ist eigentlich nicht so wichtig.
Wie?!
Das Wichtigste ist ...
... dafür zu sorgen, dass jeder Spaß hat!
So sieht's aus!
House
War nur 'n Witz.
Ha ha ...
Ach, ein Scherzkeks also ...

*jap. Windel

Aber kurz gesagt ist es okay, wenn du dich auf dein Gefühl verlässt.
Lass dich von den Beats führen, als würdest du tanzen.
Mich führen lassen ...
... von den Beats ...?
Man kann dabei nichts falsch machen, also tob dich einfach aus.
Kicher
Bringt dich der Song denn nicht in Schwung?
Wackel
Wackel
Hör genau zu und du verstehst, was sie ausdrücken will.
...

ALONE
726
Der Bildschirm ist zu hell dafür ...
Die Stimmung hat sich geändert.
Ich glaube, ich kann diese Atmosphäre rüberbringen.
Ich glaube ...
RUCK

HEGEMON
MMXIV
DANCE

Tadaaah

* Strophe aus *Never Be Alone* von Justice Vs Simian.

Ja ...
Es ist toll!
Fschuh
Freut mich.
Fuuh
Es wäre eine Verschwendung gewesen, wenn du eine von denen wärst, die nur vor den Boxen tanzen wollen.
Huch, nein. Ehrlich gesagt, bin ich kaum in Clubs.
Aber ich bin froh, dass ich gerade was zu tun habe.
Ich weiß nicht ...
... wie man in einem Club am besten Spaß hat.
Dann hast du ja Glück. Hier kannst du sitzen und der Sound ist auch besser als
ekt vor der Bühn
Plapper
Plapper
!
Kei ist so ...
Ich kann ihr echt nicht das Wasser reichen.

Ach ja ...
Mit deiner Hüfte alles in Ordnung?
Hüfte?
Hab von Kei gehört, dass du einen Leistenbruch hast.
Ach, das hat sie dir erzählt?
So hat sie dich also überredet.
House
Was?!
Stimmt schon, aber er ist längst verheilt.
Sie hat mich reingelegt!
So ist sie schon zu mir, seit wir uns getroffen haben.
Wie fies!
Aus Rache lass ich viele kleine Kackhaufen auf dem Bildschirm auftauchen!
Aber sie ist faszinierend.
Das ist wahr.

Ngh ...!
Hey!
Gute Arbeit!
Hey, Dan!
House
Er hat vorhin aufgelegt ...
Hab was für euch beide.
Danke!
Echt, für mich?
Of course!
Interessante Farbe ...
Was ist das?
Wubb
Gluck
!!!
Ist das stark ...!!
Feuer-spei
Emi hat gerade Jägermeister getrunken. Sein Alkoholgehalt liegt bei 35 %, er ist also ziemlich stark. Gute Mädchen lassen die Finger davon!

Au, au, au ...
Ich dachte, ich werde langsam nüchtern, doch da kommen die Kopfschmerzen ...
Hämmer
Hämmer
Du siehst übel aus. Alles in Ordnung?
Hey, Kei!
Sorry!
Willst du etwas Wasser?
Wusel
Wusel
Ich hab schon draus getrunken, aber du kannst gern meins haben.
Nein, nimm lieber meins!
Äh ...
Dräng
Dräng
Poch
Poch
Wartet doch mal ...!

Na, na, na, ärgert sie nicht so!
Redet nicht alle gleichzeitig und stellt euch vor!
Ha ha!
Plumps
Kei, du machst einem ja Angst.
Ich bin Oshime, aber das weißt du ja schon.
Danke für heute, du warst eine große Hilfe.
House
Also ich heiße Kuma und bin DJ.
…
Das ist Midori.
…
Freut mich.
Ich kümmere mich um Fotos, Design und so. Ich bin Gunpei.
Kurata?
Was, ich auch?
Ich manage einen Club namens Escutcheon.
Er war heute hier, um mit uns zu feiern.
Jetzt du, Shinkawa. Brauchst dich gar nicht zu verstecken!
Aaah!! Der Typ, der mich neulich angebaggert hat …!
Hi …
Grins
…!!
…
Jetzt schau doch nicht so!

Ihr habt euch alle vorgestellt.
Und du ...
... Emi?
Was hast du denn erwartet?
Ich hab ihm ordentlich den Kopf gewaschen, er sollte sich jetzt also benehmen.
Zumindest heute war er artig.
Oh! Ich heiße Emi Asahina.
Ähm, ich hoffe, es war nicht zu enttäuschend.
Warum denn? Du hast dich super geschlagen! Da waren coole Bilder dabei.
Aber es war schon ziemlich speziell.
Klappe!
Kannst uns gern wieder aushelfen.
Meint ihr wirklich ...?
Und wie wir das meinen!
Oder?
Aber sicher!
Das sind die üblichen Verdächtigen, plus ein paar andere.
Warte doch mal!!

Hast du nicht jemanden vergessen?
Nämlich mich?!
Ich kenn dich nicht.
Oder?
Dan ...
Der alte Sack, der andere nötigt, Jägermeister zu trinken!
Blitz
Was?! Ich hab niemanden genötigt!
Willst du Ärger?!
Na los, komm her!
Entschuldigung.
Ups!

T... Tut mir leid.
Klapper
Ihr legt doch immer in dem Club in der Nähe auf, oder? Ich geh dort auch oft hin.
...
Funkel
Klick
Instagram!
Snap
wimmel
wusel
wusel

Paling
Uwah! Ist das vielleicht kalt!!
Gestern bin ich noch kurzärmelig rumgelaufen.
Echt mal.
Tschack
Ganz schön schwer.
Ich weiß.

Pack ja ordentlich mit an!
Sie hat dich nämlich huckepack hierhergetragen!
Poff
Hop-pala.
Sorry, meine Schuld!
Klacker
Unmöglich! Davon weiß ich nichts. War ich so betrunken?
Hucke-pack.
Hucke-pack ...
Jetzt komm aber!
Ah! Okay!
wuuusch

Wunder-
schön,
oder?
Ja.
Drogerie Fukutarou
Drogerie Fu

Manch-mal denke ich ...
... dass ich mich betrinke, tanze und die ganze Nacht Party mache, nur um in den Genuss dieses Anblicks zu kommen.
Hm ...

Also, ich muss da lang.
Dito.
Wie, wohnt ihr zusammen?
Nein, ich ruh mich im Manga-Café dort aus und erledige ein bisschen Arbeit.
Ich lade die Fotos heute Abend hoch.
Danke!
Wollt ihr beiden bei mir schlafen?
Klar, danke!
Nick
Ich bin ein wandelndes Lexikon für Erotikspiele ...
Das will niemand wissen.

Gehen wir auch nach Hause?
Ja.
Aaah ...
Bin ich fertig!
He he!
So siehst du auch aus.
Knack
Nehmen wir uns ein Taxi?
Aber es ist doch nicht weit ...
Dann trägst du also das schwere Zeug für mich bis nach Hause?
Waaas?!
Hallo, wir wollen mitfahren!
Klack
Klack

Ich hoffe ...
... wir können den Anblick der Stadt am Morgen wieder zusammen genießen.
Das wäre doch schön, oder, Kei?

Und deshalb muss ich auch mein Leben in Ordnung bringen.
...
Plönk
Unter alles, was mit dieser Wohnung zu tun hat ...
... will ich einen Schlussstrich ziehen.
Bis dahin braucht Kei nichts davon zu wissen.

#4
Blätter
Tock
Tock
Tock
Tock
Prassel
Prassel
?
Oh, es regnet!
Rausch
Bwww
Kei
Bist du gerade zu Hause?
Wenn du Zeit hast, wäre
es toll, wenn du mir
Regenschirm
hof bringen
Ob Kei in den Regen gekommen ist? Sie müsste bald Feierabend haben.
Ha!
Wenn man vom Teufel spricht.

Ich bin wohl vor ihr hier.
Tausend Dank!
Kei! Wie war die Arbeit?
Ganz okay. Danke für den Schirm.
Kein Ding.
Da du schon mal hier bist, wollen wir noch etwas essen gehen?
Sorry, ich bin nachher schon mit einer Freundin verabredet. Aber für einen Tee reicht die Zeit.
Etwa die Freundin, mit der du dich neulich im Club treffen wolltest?
Genau die.
Sie wollte sich nach der Arbeit melden, bis dahin hab ich also Zeit.
Plopp
Wusch
Kyah!

AFTER HOURS #4

Knack
Flapp Flapp
Krrrk
...
Patt
Prassel
Prassel
Prassel
Prassel
Kei, du sagtest doch, dass deine Arbeit was mit Innendesign zu tun hätte, oder?
Wuuusch
Und jetzt wird deine Tasche ganz nass!
Wuuusch
Ich bin nur ein kleines Rädchen im Büro, da ist nichts Wichtiges drin.
Ah, gehen wir hier rein!

Mann, was ein Sauwetter!
Bei dir alles klar?
Meine Füße sind ein bisschen nass, aber nicht weiter schlimm.
Überrascht
Ach ja, kennst du die Leute vom Event von der Arbeit?
Nanu, hab ich was Komisches gesagt ...?
Aah! Wie in einem Firmen-Baseballteam!
Verstehe!
Poff
Nee, ich hab sie alle in Clubs kennengelernt.
Aber mit Dan hab ich schon vor längerer Zeit bei einem anderen Event zu tun gehabt.
Den Club gibt es inzwischen nicht mehr.
Keine Ahnung, wo die Leute von damals sind oder was sie so treiben.

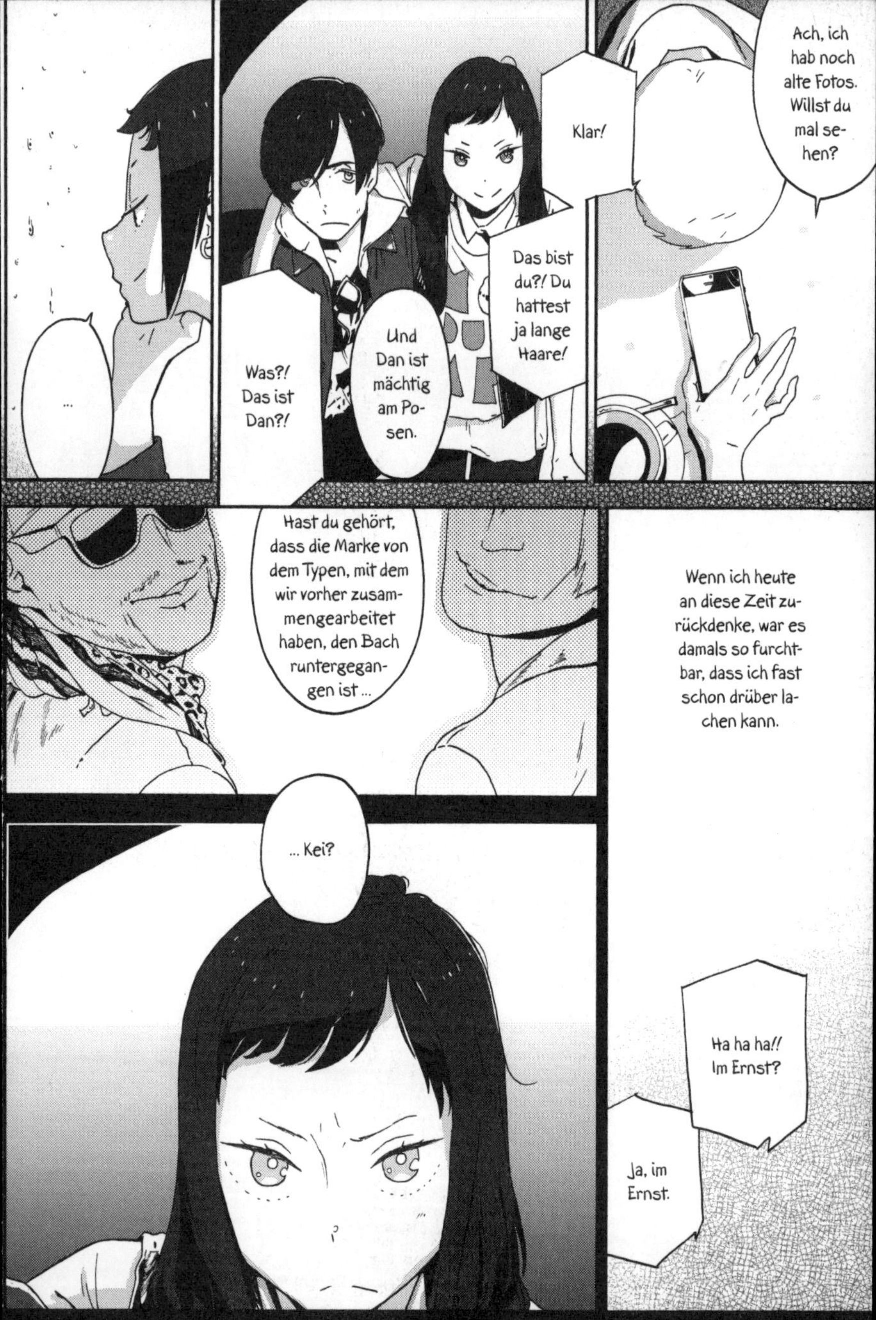
Ach, ich hab noch alte Fotos. Willst du mal sehen?
Klar!
Das bist du?! Du hattest ja lange Haare!
Und Dan ist mächtig am Posen.
Was?! Das ist Dan?!
...
Wenn ich heute an diese Zeit zurückdenke, war es damals so furchtbar, dass ich fast schon drüber lachen kann.
Hast du gehört, dass die Marke von dem Typen, mit dem wir vorher zusammengearbeitet haben, den Bach runtergegangen ist ...
Ha ha ha!! Im Ernst?
Ja, im Ernst.
... Kei?

Ja, ja.
Lasst uns später darüber reden. Kommt mal her.
Du auch. Steh auf.
Hm? Ist es schon zu Ende?
Insgesamt sind heute nur 54 Leute zum Event gekommen.
Wir haben nicht genug eingenommen, um die Miete für den Club zu begleichen, also müssen wir den Rest aus eigener Tasche zahlen ...
Tss!

Was?
Nichts ...
Klapper
Also dann ...
Wollen wir zum Abschluss noch feiern gehen?
Ich passe. Ich will nicht noch mehr Geld ausgeben.
Ich dachte ja, dass wir mit unserem Special Guest heute ein bisschen mehr einnehmen, aber dass wir sogar noch Miese machen ... Das hat mir echt die Stimmung versaut.
Diese Szene ist echt am Ende, he he.
Oder besser: Ich bin damit fertig.
Genau!
Ha ha ha!

Ich gehe dann auch mal ...
... Kei.
Danke dir.
Was soll das, von wegen Szene?
Das war echt schlimm damals.

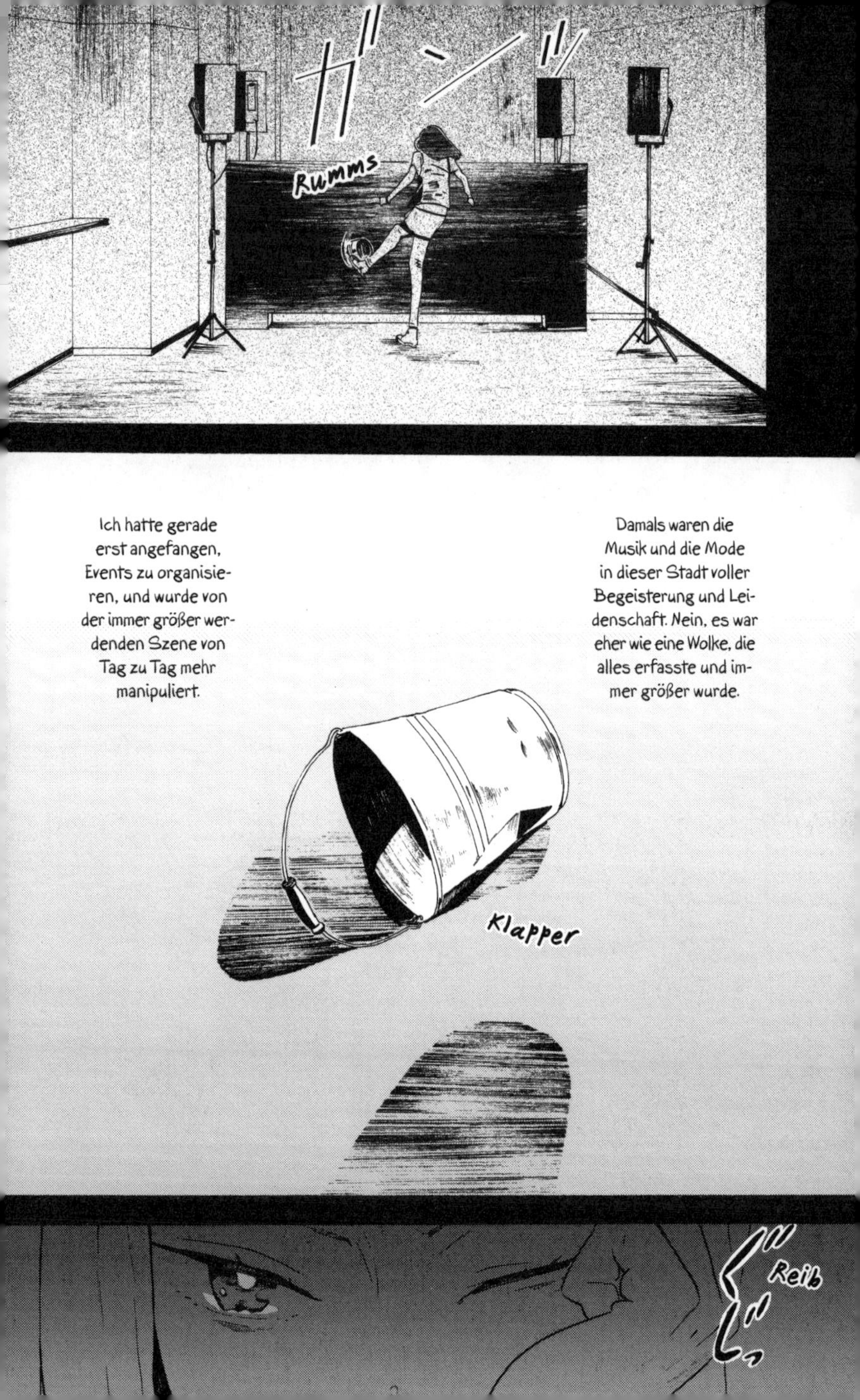
Rumms
Damals waren die Musik und die Mode in dieser Stadt voller Begeisterung und Leidenschaft. Nein, es war eher wie eine Wolke, die alles erfasste und immer größer wurde.
Ich hatte gerade erst angefangen, Events zu organisieren, und wurde von der immer größer werdenden Szene von Tag zu Tag mehr manipuliert.
Klapper
Reib

Hallo, Dan.
Noch mal danke wegen neulich. Tut mir leid, dass so miese Stimmung aufgekommen ist.
Vergessen wir das und reden über das nächste Mal ...
Hm, was?
Tut mir leid ...
... aber wenn du wieder mit diesen Typen arbeiten willst, bin ich raus.
Skkrtch
Auf keinen Fall.
Skkrtch
Oh, an dem Tag ist ein Treffen für Modellautos, daher ...
Biep
Skkrtch
!
Biep
Lange nichts gehört! Ich bin's ...
Die von Ihnen gewählte Nummer ist derzeit nicht verfügbar ...
...
Biep

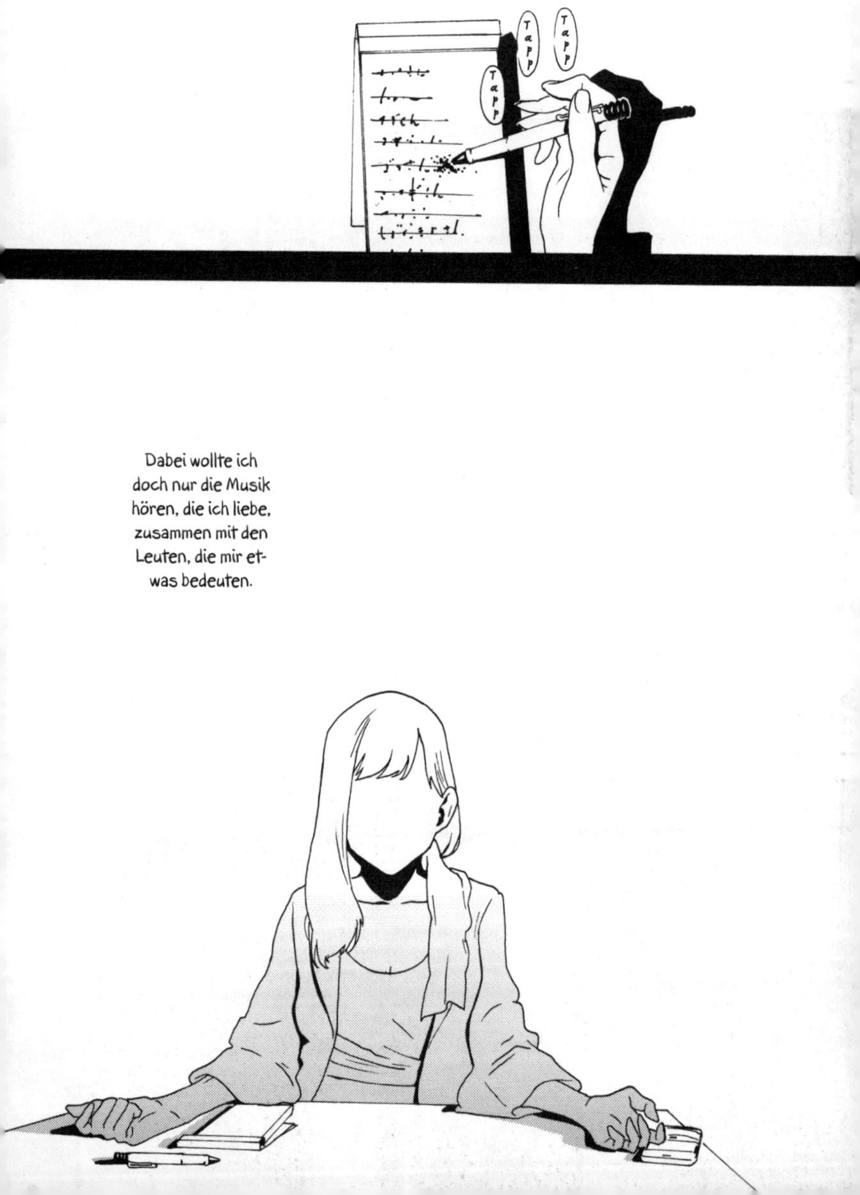
Tapp
Tapp
Tapp
Dabei wollte ich doch nur die Musik hören, die ich liebe, zusammen mit den Leuten, die mir etwas bedeuten.

Es ging mir nicht darum, was gerade im Trend war. Es war extrem deprimierend, mit Leuten zu arbeiten, die völlig andere Ansichten hatten als ich.
Irgendwann hat es mir dann gereicht.
...
Aber ...
Ich kam wieder zurück. Ich liebe das Ganze eben zu sehr.
Außerdem hat sich in den letzten Jahren die Atmosphäre in den Clubs auch zum Guten verändert.
Die Leute, die nach mir kamen, haben die Mauer, gegen die ich rannte, einfach so überwunden, als hätte es sie nie gegeben. Ich beneide sie wirklich darum.
Aus diesem Grund hab ich mich auch mit den anderen zusammengetan.
Ich hoffe, Dan sieht das genauso.

Ich habe immer nur ihre strahlende Seite gesehen.
Sie arbeitet hart für dieses Lächeln und denkt gründlich darüber nach, wie es weitergehen soll.
Kei ist einfach unglaublich.
Vielleicht kann ich es ihr jetzt sagen ...
Hör mal, Kei, es gibt da auch etwas, was ich dir sagen möchte ...
Klingeling
Ähm ...
Bwww
Bwww
Kicher
Geh schon ran.
Bwww
Mist! Echt tolles Timing ...!

Hey.
Fertig mit der Arbeit?
Okay, ich mach mich gleich auf den Weg.
...
Haaah ...

Sorry, ich muss los ...
Ach, schade!
Ach ja, hab dir eben ein Foto geschickt.
Oh!
Von dem Event!

Du hast ein tolles Lachen!
Danke.
Aber wir alle, obwohl wir das Bild in so einer Kälte gemacht haben.
Was ist denn ...?
Ach, nichts!
♪
Da musst du schon früher aufstehen, um vor mir etwas verheimlichen zu können!
Los, raus damit!

Es regnet nicht mehr.
Grüß deine Freundin von mir.
Okay, aber warum?
Ihr hab ich es schließlich zu verdanken, dass ich dich kennengelernt hab.
Und verrate niemandem, was ich dir eben erzählt habe.
Eigentlich rede ich nicht über die Vergangenheit.
Aber du bist was Besonderes.

Gatang
Was Besonderes ...
Gatang
Gatang
Ding Dong
Ding Dong
Herzlich willkommen!
Guten Abend!
Blick
Blick
Emi! Hierher!
Mayumi!
Hat etwas gedauert.
Oh ...
... du hast ja schon angefangen.

*jap. Markenschnaps

*jap. Spezialität mit fermentierten Innereien
**zu einer Art Gelatine verarbeitetes Seegras
***Hakata = Bezirk von Fukuoka, im Süden Japans

VJ?
Was soll das denn sein?
Hm, im Wesentlichen spielt man Videos ab, die zur Musik passen ...
Das macht echt ...
... Spaß.
Ha, ausgerechnet du? Als ich mit dir in den Club wollte, musste ich dich förmlich mitschleifen, und jetzt das ...
Ist ja schön für dich, aber pass auf dich auf. Ich hab gehört, in Clubs treiben sich eine Menge gefährliche Typen herum.
Klapper
Sonst verkaufst du aus Versehen noch deine Organe oder so.
Red nicht solchen Bullshit!

...
Schluck
Ah ...
Tut mir leid.
Rutsch
Das war nur ein Witz!
Du bist eigentlich ziemlich still, und dann haust du wieder so was raus.
Was wohl der Auslöser dafür ist ...?
Könnte sein ...
Ja! Weißt du noch, was unser Trainer in der Uni immer zu dir gesagt hat?
Er meinte, du wärst zwar eine gute Spielerin, würdest dich aber zu sehr von deinen Gefühlen beeinflussen lassen.
Stimmt's?
Uuuff ...
Jedes Mal, wenn ich das gehört habe, dachte ich, wie aufmerksam er doch ist.

Und jetzt Schluss mit den alten Kamellen!
Reden wir über das Hier und Jetzt.
Wie läuft's mit deinem Freund?
Starr
Jetzt nimmt sie mich in die Mangel.
Ich weiß ... ... nicht so genau.
Ach, so ist das also?
Willst du Schluss machen?
Das hab ich schon, irgendwie.
Was? Ihr wohnt zusammen! Da kann man wohl kaum von Schlussmachen reden, oder?

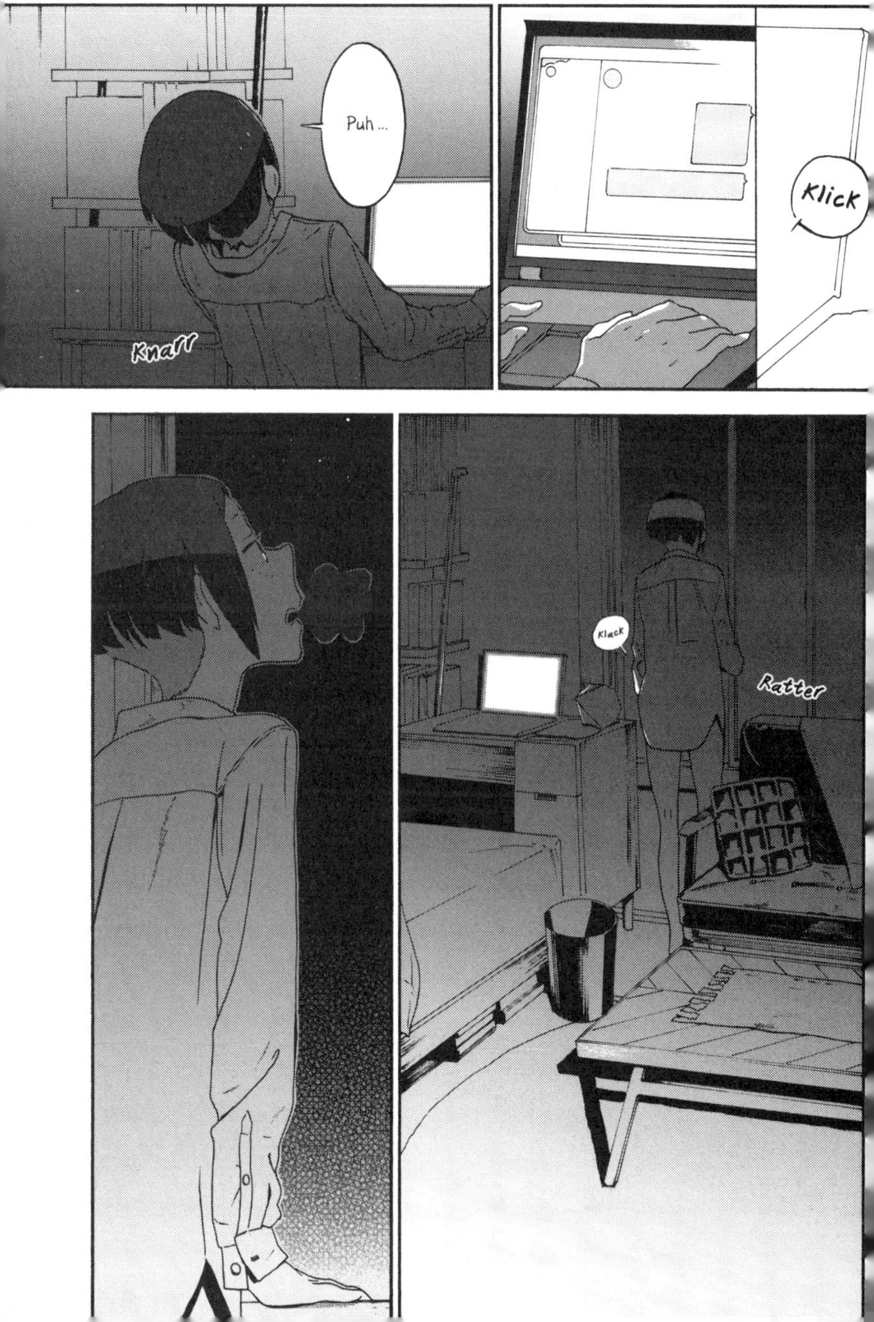
Klick
Puh ...
Knarr
Klack
Ratter

…
Hmpf.
Was heißt hier »Hmpf«?!
Knacks
Entschuldigung! Kann ich noch eins haben?
Und Pflaumenwein mit Eis!
Ihr beide solltet euch mal richtig aussprechen.
So könnt ihr doch nicht weitermachen.
Hey …
Hörst du mir zu, Emi?
Ah!
Gluck Gluck Gluck
Hicks
Klonk

Halt endlich die Klappe! Jedes Mal, wenn wir uns treffen, erzählst du mir von einem anderen Typen! Du hast überhaupt kein Recht, so von oben herab mit mir zu sprechen!
Mrgh.
Batsch
Ganz genau!
Ein Rat von jemandem mit viel Erfahrung!
Und ich hab nachher immer alles geklärt!
Mggh ...
Denk wenigstens mal drüber nach, was du aus deinem Leben machen willst.

Geht's?
Ich war etwas zu hart zu dir.
Aber ich mach mir wirklich Sorgen.
Ugh ...
Ja?
Okay.

Wo wohnst du gleich noch mal? Wase-da ...?
Hey, sag du es ihm!
Nein, ich will bitte dahin.
Halt mal! Du willst nicht nach Hause?!
Kommst du wirklich klar?
Ngh ...
Klammer
Tut mir leid.
Es tut mir leid ...
... Kei ...
Puuuh ...
Wenn das so ist ...
... dann solltest du dich aber schleunigst zusammenreißen.

Irgendjemand flüstert mir ins Ohr.
Was soll aus dir werden?
Was willst du aus deinem Leben machen?
Gib endlich Ruhe ...
#5
Ich denke doch schon darüber nach ...
Antworte mir!!
David!!
Blinzel
...
Oooh!
Ha ha ha!

wuuusch
AFTER HOURS #5
Mann!
So ein blöder Traum!

*Akihabara, Elektronikviertel von Tokyo

Einen Laptop?
Genau.
Meiner spinnt in letzter Zeit, deshalb will ich mir einen neuen kau-fen.

Was für einen hast du denn, Emi?
Ich?
Einen Mac.
Warum das?
Hmm ...
Mir gefällt das Design.
Er hat aber auch noch andere Vorteile. Wenn ich was hervorheben müsste ...
Na, dann nehm ich auch einen.
Ich hab zwar noch nie mit einem Mac gearbeitet, aber das wird schon.
Waaas? So suchst du dir einen Computer aus?!

Aber wenn wir den gleichen haben, kann ich dich fragen, wenn ich Probleme hab, oder?
Ja ...
Das stimmt schon ...
Hey! Jetzt warte mal!
Aber es gibt doch verschiedene Modelle!

Das ging aber schnell ...
Und dann zahlst du auch noch bar, ...
Kreditkarten mag ich nicht.
Ich habe keine einzige und darauf bin ich stolz.
Ich glaube, ich bin einfach daran gewöhnt.
Selbst mein Studentenausweis war eine.
Was?!
Wie schrecklich! Die Kreditkartenhölle wird dich verschlingen!
Du kannst einem ja Angst machen!
Oh!
...

Dieses Mischpult ist ja noch viel umfangreicher als das von Kei ...

*entspricht ca. 1580 Euro

Dann wird's Zeit für eine Praxis-stunde!
Das ist ein Turn-table.
Hier das Misch-pult ...
... und noch ein Turnta-ble.
Egal ob digital oder analog, die Anordnung ist immer gleich.
Mit den beiden Turn-tables kannst du zwei Plat-ten und damit unterschied-liche Songs auflegen.
Mit dem Mischpult in der Mitte kannst du zwischen ihnen wechseln. Wenn ein Song zu Ende geht, kannst du von links nach rechts oder andersherum wechseln.
Klack
Klack
Man nennt das auch mi-schen.
Das ist so weit alles, was es zu wissen gibt. Aber die Theorie ist leichter als die Praxis ...
Grins

Versuch's direkt mal!
Schwupp
Waaah!!
Du musst dich nur überwinden!
Sie ...
... presst sich auch noch an mich!!
Die neueren Modelle haben Anzeigen für alles Mögliche, es ist also ganz einfach.
Pass auf ...
Mit diesem Regler stellst du das Tempo, also die Wieder gabegeschwindigkeit der Songs ein.
Du kannst sie aufeinander abstimmen, wenn du auf die angezeigten Zahlen schaust.

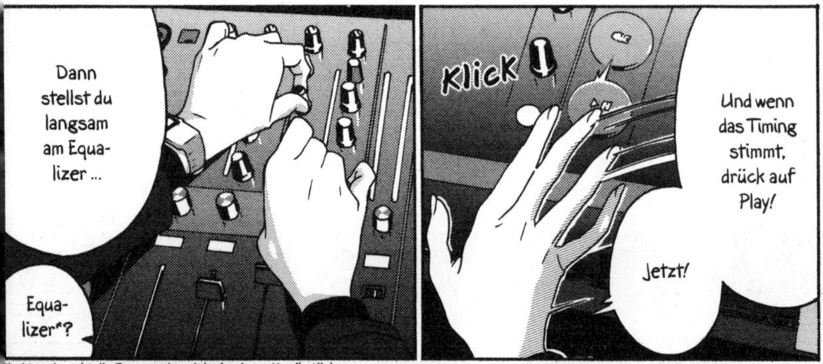

*hebt und senkt die Frequenzbereiche in einem Musikstück

Aber 210.000 Yen ...
Haaah ...
Domm Tschaka Domm Tschaka
?!
Irgend-wie passt der Sound nicht ganz zusam-men ...
Wie re-gelt man das?
Hm, vielleicht so?
ガチャ ガチャ
Schieb Schieb
Du ...?
Nanu, sie ist weg?!
?!
Domm Tschaka Domm Tschaka
...
Rutsch
Plopp

Waaah!
Kling
ling
Bamm
Bamm
Wumms
Wumms
Ummm
Knack
Maximale Lautstärke
NICE POP
PIO
Das war megapein-lich!!
Tapp
Tapp
Tapp
Heeeh!!

Quieeetsch
Aha! Hier steckst du also!!
Hm?
Ich will sofort gehen!
Wie? Was ist denn los?
Keine Ahnung!

Tut mir ja leid!
Das Mischpult im Laden entspricht eher dem in einem Club als meinem.
Schmoll
Ich dachte, du könntest daran was lernen.
Schön und gut, aber dann musst du dir auch anschauen, was ich mache!
Ich geh so schnell nicht wieder in diesen Laden ...
Strampel
Strampel
Ich überlege mir ...
... wie ich das wiedergutmachen und mich für die Hilfe mit dem Mac ...
... bedanken kann, okay?
Kann ich dich jetzt erst mal mit was Süßem besänftigen?

Und?
Hm ...
Es dauert noch etwas.
Ich hab ein paar kostenlose Programme installiert und alles so eingestellt, dass es sich für dich mehr wie ein PC anfühlt. So solltest du eigentlich problemlos damit klarkommen.
Falls nicht, können wir ihn immer noch auf die Werkseinstellungen zurücksetzen.
Klick
Klick
... aus.

Hm?
Hast du was gesagt?
Ich sagte, du kennst dich gut damit aus.
Ich dagegen hab null Ahnung von Computern!
Na ja ...
Ich hab bis vor Kurzem in dem Bereich gearbeitet.
Aber es ist nicht so gut gelaufen.
Alle haben gesagt, ich solle es wenigstens für drei Jahre versuchen ...
Aber ich konnte einfach nicht weitermachen und ...
Uuugh
Hi hi.
10t
Lach nicht!

Das war was Neues.
Das ist alles.
Du redest ja sonst nicht viel über dich.
...
Findest du?
Kann schon sein ...
Rutsch
Mein Leben ist ja auch langweilig.
Ich war auf der Uni und bin danach gescheitert, wie alle anderen auch.
Anders als bei dir, ist an mir nichts Besonderes.
Ich bin stinklangweilig.
Ach, du hältst mich also auch für etwas Besonderes!
Wie schön!

Hä?! Das hab ich nicht gemeint ...!
Warte mal!
がばっ
Ruck
Aber genau darum geht es doch, oder?
Ich will mehr über dich ...
... und dein Leben erfahren, Emi.
Wir müssen nicht ständig auf einer Wellenlänge sein.
Du kannst mir mehr von dir erzählen. Zum Beispiel, welche Ziele du im Leben hast.
Drück
...

Welche Ziele ich im Leben habe ...?

Was ich
machen
will, ist ...

Kiss
Blush
Waaah!
Mensch!
Was sollte das so plötzlich?!
Swusch
Plöng

Oh!
W...
Worum geht's denn?
Endlich eine Antwort!
Tipp
Ein Event!
!
Ich denke, es ist langsam an der Zeit, einen Schritt nach vorn zu machen.
Poch
Ich hab Kurata um einen kleinen Gefallen gebeten.
Hm? Wo ist denn die Umschalttaste?!
Ein Schritt nach vorn ...
Poch
Poch
Poch

Ich will auch!
Ich möchte dabei auch mithelfen!
Lass mich irgendwas machen!
Ich will noch einmal dieses Gefühl haben ...an Keis Seite!!
Hi hi, aber klar doch.
Ich sagte doch, du bist Teil des Teams!
Aber ...
... es ist schön, es von dir zu hören.

Tja, wäre toll, wenn Oshime auch wieder mit anpackt ...
Aber es gibt da noch viele andere Möglichkei-ten.
Grins
Diesmal wird es ein Riesen-ding!
Aber erst mal kannst du mir bei der Planung helfen.

Vorher sollten wir den anderen aber noch einen kleinen Schreck einjagen.

Okay!
The night is still young.
Und für uns hat sie gerade erst begonnen.

AFTER HOURS Band 1 – Ende

TOKYOPOP GmbH
Hamburg

TOKYOPOP
1. Auflage, 2019
Deutsche Ausgabe/German Edition

Aus dem Japanischen von Mareen Sickel

AFTER HOURS 1 by Yuhta NISHIO

Original Japanese edition published by SHOGAKUKAN.
German translation rights arranged with SHOGAKUKAN through The Kashima Agency.
Cover Design: Keita Mori (Sekine Shinichi Seisakushitsu)

Redaktion: Lisa Duty
Lettering: Vibrant Publishing Studio
Herstellung: Rita Geers
Druck und buchbinderische Verarbeitung:
CPI – Clausen & Bosse GmbH, Leck
Printed in Germany

ISBN 978-3-8420-5180-5

www.tokyopop.de

AFTER HOURS

STOPP!

**Dies ist die letzte Seite des Buches!
Du willst dir doch nicht den Spaß verderben
und das Ende zuerst lesen, oder?**

Um die Geschichte unverfälscht und originalgetreu mitverfolgen zu können, musst du es wie die Japaner machen und von rechts nach links lesen. Deshalb schnell das Buch umdrehen und loslegen!

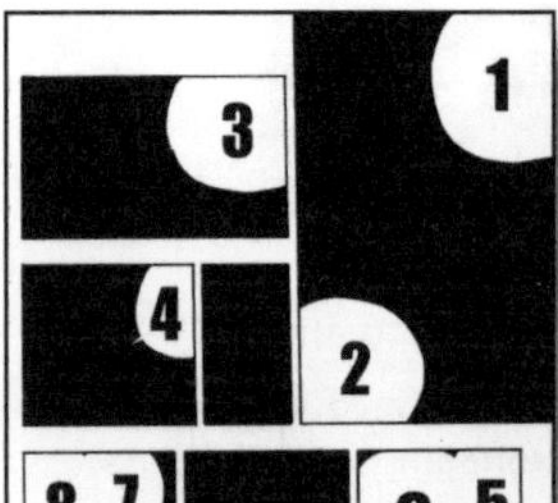

So geht's:

Wenn dies das erste Mal sein sollte, dass du einen Manga in den Händen hältst, kann dir die Grafik helfen, dich zurechtzufinden: Fang einfach oben rechts an zu lesen und arbeite dich nach unten links vor. Viel Spaß dabei wünscht dir TOKYOPOP®!